# Analyse de l'œuvre

Par Claire Cornillon et Bachir Bourras

# Ravage

## de René Barjavel

lePetitLittéraire.fr

# Rendez-vous sur lepetitlitteraire.fr et découvrez :

Plus de 1200 analyses
Claires et synthétiques
Téléchargeables en 30 secondes
À imprimer chez soi

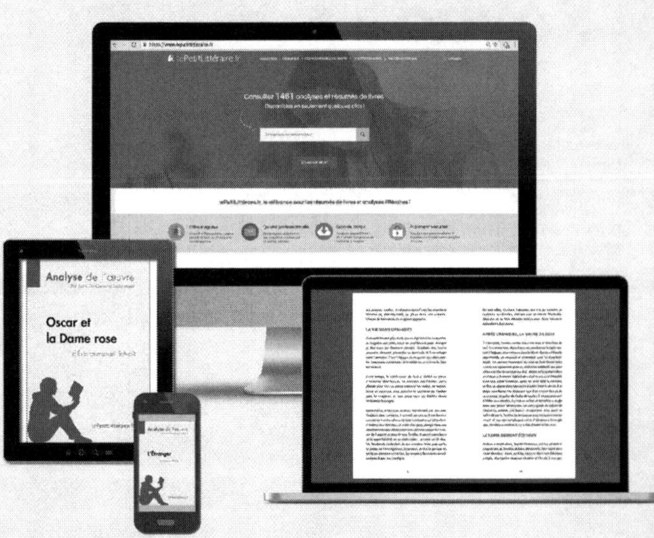

# RENÉ BARJAVEL

## ÉCRIVAIN ET JOURNALISTE FRANÇAIS

- **Né en 1911 à Nyons (Drôme)**
- **Décédé en 1985 à Paris**
- **Quelques-unes de ses œuvres :**
    - *Le Voyageur imprudent* (1943), roman
    - *La Nuit des temps* (1968), roman
    - *Le Grand Secret* (1973), roman

René Barjavel est un journaliste et un écrivain français né le 24 janvier 1911, à Nyons. Ses œuvres les plus célèbres sont des romans de science-fiction à travers lesquels il promeut le retour à la nature et aux valeurs ancestrales, en exprimant aussi l'angoisse ressentie face aux immaitrisables développements de la technologie : parmi eux, *Ravage*, *Le Voyageur imprudent* (1944), *La Nuit des temps*, etc.

Précurseur du genre en France, il est également l'auteur d'essais, comme *La Faim du tigre* (1966), ou de scénarios de films. Son œuvre est traversée par des questionnements philosophiques touchant à la science, au progrès, au temps, à l'homme ou encore à Dieu. Il meurt en 1985.

# *RAVAGE*

## LE RÉCIT D'UNE APOCALYPSE

- **Genre :** roman
- **Édition de référence :** *Ravage*, Paris, Gallimard, coll. « Folio », 2010, 320 p.
- **1ʳᵉ édition :** 1943
- **Thématiques :** science, chaos, technologie, apocalypse, danger, utopie

*Ravage* est un roman de science-fiction, publié en 1943, qui raconte comment quelques personnes luttent pour leur survie après un cataclysme qui a fait disparaitre l'électricité. Mené par François Deschamps, le groupe s'enfuit de Paris pour rejoindre le Sud de la France et fonder une nouvelle communauté.

Le livre offre une réflexion sur le progrès et la science, et dépeint, dans une satire féroce, les travers de la dépendance technologique de la société moderne ; parallèlement, il suggère aussi que tout retour en arrière vers une société traditionnelle est impossible.

# RÉSUMÉ

## LA COUPURE D'ÉLECTRICITÉ

Au début du XXI^e siècle. François Deschamps, un jeune homme de 22 ans, est convaincu que la technologie conduira l'homme à sa perte, parce que cette évolution se fait au détriment de la nature. Il pense, à juste titre, que la nature possède des « forces terribles » (p. 85) qui, si elles sont relâchées, condamneront les hommes.

À Paris, le directeur de Radio 300, Jérôme Seita, lance une nouvelle vedette, Blanche Rouget, sous le nom de scène de Regina Vox. Cette jeune femme est originaire du même village que François, avec lequel elle est amie. Comme elle lui plait, l'animateur de radio la convie à diner, mais celle-ci décline, car elle doit retrouver François. Jérôme tente alors de l'acheter en lui offrant un appartement dans la « Ville Radieuse », le quartier de Paris où vivent les artistes.

Attirée par la promesse d'une vie agréable et luxueuse, Blanche annule son diner avec son vieil ami, prétextant qu'elle est malade, pour pouvoir accepter l'invitation de Jérôme. Par la suite, celui-ci continue d'user de son influence contre François : il s'arrange en effet pour qu'on lui coupe l'eau et l'électricité, et pour qu'il ne soit pas reçu au concours d'entrée de l'École supérieure de chimie agricole – alors que ses résultats le donnaient premier au classement.

Par ces actes, Jérôme incarne une figure négative du pouvoir. Très vite, Blanche et lui décident de se fiancer ; projet qui ne sera finalement jamais concrétisé en raison des évènements sur le point de se déclencher.

Pendant la soirée de lancement de Regina Vox, toutes les lumières s'éteignent soudainement : « Et d'un seul coup, comme une pierre, le noir tomba. Le poste, les lumières du plafond, tout, à la fois, s'éteignit. » (p. 89) L'électricité a disparu et plus aucun appareil ne fonctionne. Les avions tombent. C'est la panique.

## LA SURVIE FACE AU CHAOS

Un Conseil des ministres se réunit en catastrophe. Ces derniers constatent que le phénomène n'est pas dû à une attaque, qu'il est naturel et que le monde entier est touché. Les conséquences sont désastreuses. Les armes à feu modernes sont inutilisables et les réserves d'or sont inaccessibles, comme l'explique le ministre des Finances :

> « [S]ans électricité, nous sommes également sans or. Le nouveau système de défense de la Banque de France, inauguré l'an dernier, est entièrement électrique. Les caves où dort notre réserve sont bloquées par quatre portes successives, en nickel massif, de trois mètres d'épaisseur, à serrures à ondes courtes, et mues par des treuils électriques. Rien au monde ne pourra les faire bouger. » (p. 122)

Les morts, que l'on avait pris l'habitude de conserver chez soi dans une pièce appelée « le conservatoire », réfrigérée à l'électricité, commencent à dégeler, menaçant d'infecter tout le pays.

Dans les bureaux de Radio 300, Blanche perd connaissance. Jérôme doit donc aller chercher un médecin, mais François arrive et, ensemble, ils la portent à l'extérieur. Ils décident de se réfugier chez François, mais, sur le chemin, Jérôme Seita meurt piétiné par un cheval.

Arrivés à destination, François et Blanche sont accueillis par la concierge, M^{me} Vélin. Un médecin, le docteur Fauque, vient voir Blanche. Plus tard, il vaccine les survivants contre le choléra, qui se répand en ville et qui a désormais atteint le seuil épidémique.

La ville est assaillie par des pillards et un incendie se déclenche. En luttant contre le feu, François rencontre Pierre Durillot ; il lui propose d'unir leurs efforts pour quitter Paris avec Blanche et sa femme enceinte, qui accouchera d'ailleurs pendant le voyage.

D'autres personnes les rejoignent. Ensemble, ils préparent le départ, trouvent des vélos, des armes et des provisions. Ils se mettent alors en route. Le docteur meurt en chemin, tué par un fou échappé d'un hôpital psychiatrique et sur lequel les médecins testaient les « rayons Oslo » : le malade avait alors obtenu les pouvoirs de la Mort et se prenait pour elle.

Plus tard, le groupe est encerclé par les flammes. Ses membres fabriquent un radeau et s'enfuient par la rivière. Ils pénètrent ensuite dans une forêt. La situation est dramatique : ils n'ont plus d'eau. Une tempête se lève, qui charrie les cendres et transforme la rivière en boue. Ils commencent également à avoir des hallucinations, s'imaginant être attaqués par des chauvesouris.

# UN NOUVEAU MONDE

Le groupe poursuit son voyage et arrive finalement à Vaux, le village natal de François et de Blanche, dans le Sud de la France. Ils s'y installent. François devient le chef du village et épouse Blanche.

Mais des pillards rôdent : devant ce danger, François fait porter des messages aux bourgs les plus proches. Sur sa proposition, un plan commun de défense est établi. Une nuit, un feu s'allume au sommet d'une montagne et les foyers se multiplient bientôt sur les monts voisins. Les pillards, cernés au fond de la vallée par les troupes accourues de toutes parts, sont taillés en pièces. Le lendemain, les chefs de village réunis donnent à François autorité sur toute la vallée.

Quelques années plus tard, on retrouve François qui a maintenant 129 ans. Blanche est morte, très âgée, après lui avoir donné 17 enfants. À cause de la nécessité de repeupler la région et parce qu'il y a une plus forte proportion de femmes que d'hommes, la polygamie est obligatoire. François a donc sept femmes. Il a eu en tout 227 garçons et seulement une fille, Blanche, qu'il a décidé de marier à Paul, un jeune homme qu'il a choisi pour être son successeur.

Le jour du mariage, un homme venu d'un autre village offre en cadeau à François une machine, mais celui-ci refuse le présent, symbole de ce qui a conduit une première fois l'humanité à sa perte. Le patriarche attaque alors l'homme, qui le tue. C'est désormais à Paul, son successeur, que revient l'autorité sur la région.

# ÉTUDE DES PERSONNAGES

## FRANÇOIS DESCHAMPS

François Deschamps est un jeune homme de 22 ans qui vient du village de Vaux en Haute-Provence, et qui est issu d'une famille de paysans. Il se rend à Paris pour tenter le concours d'entrée de l'École supérieure de chimie agricole.

Avant le cataclysme, sa vision du monde est déjà traditionnelle : il pense que l'évolution technologique mène l'homme à sa perte. C'est un homme de la terre, et il est d'ailleurs décrit comme tel : « Il mesure un mètre quatre-vingt-cinq. Il est large en proportion. Ne fait pas de sport, mais passe chaque année plusieurs mois à la ferme où il travaille avec son père. Il est brun, pas très beau. » (p. 49)

Juste avant la disparition de l'électricité, François explique ainsi son point de vue :

> « Tout cela, dit-il, est notre faute. Les hommes ont libéré les forces terribles que la nature tenait enfermées avec précaution. Ils ont cru s'en rendre maitres. Ils ont nommé cela le Progrès. C'est un progrès accéléré vers la mort. Ils emploient pendant quelque temps ces forces pour construire, puis un beau jour, parce que les hommes sont des hommes, c'est-à-dire des êtres chez qui le mal domine le bien, parce que le progrès moral de ces hommes est loin d'avoir été aussi rapide que le progrès de leur science, ils tournent celle-ci vers la destruction. » (p. 85-86)

La nouvelle situation le conforte bien sûr dans cette idée et aboutit à la société qu'il fonde à la fin du roman.

François Deschamps vit au cours de l'histoire un réel itinéraire initiatique : s'il est dès le départ un jeune homme intelligent et capable, les difficultés qu'il affronte en font un véritable héros. Il affronte bien des déconvenues pour aller sauver Blanche, la femme qu'il aime, après le blackout. Puis, il prend naturellement la tête du groupe de survivants, organise la survie, prend les décisions et parvient à mener les siens là où il le souhaite.

C'est donc sans surprise qu'il reproduit ce schéma une fois arrivé dans son village. Il en prend en effet la tête avant de conquérir l'autorité sur toute la région, puis il devient le « patriarche » respecté qui donne son titre à la dernière partie.

Le roman s'achève sur sa mort, à 129 ans, en véritable patriarche biblique. Mais au terme du récit, François est aussi un personnage qui finit par être dépassé par son temps : le progrès technique qu'il voulait éviter à tout prix, incarné par la machine qu'on lui offre, survient malgré ses efforts.

## BLANCHE ROUGET

Blanche Rouget est une jolie jeune femme originaire, comme François Deschamps, du village de Vaux. Elle souhaite faire carrière comme chanteuse. Au début du roman, soutenue par Jérôme Seita, elle s'apprête d'ailleurs à être lancée sous le nom de Regina Vox.

Blanche représente au départ une forme d'arrivisme, un désir de célébrité et une certaine superficialité, qui l'opposent au personnage de François. Ainsi, elle se fiance avec Jérôme Seita, parce qu'il est suffisamment puissant dans le milieu des médias pour pouvoir lui assurer une carrière et une vie confortable. Elle n'hésite pas à mentir à François.

Mais après le cataclysme, son monde de paillettes est mort et enterré. La catastrophe survient pendant la soirée de son lancement, avant qu'elle ait pu faire quoi que ce soit, anéantissant son rêve de gloire. À partir de ce moment-là, elle devient, comme les autres personnages, une survivante.

Elle s'efface petit à petit dans l'histoire au profit de François, qui s'impose quant à lui de plus en plus. Dans la quatrième partie, elle finit par incarner l'épouse et la mère, une sorte de figure féminine mythique, peu présente sur le plan politique et capable d'engendrer une large descendance. Décédée, elle reste la femme que François a réellement aimée dans sa vie et trouve une forme de succession en la personne de la fille de François qui porte le même nom qu'elle : Blanche.

## JÉRÔME SEITA

Parmi les autres personnages, seul Jérôme Seita se distingue réellement, même s'il meurt assez tôt dans l'intrigue. Il représente le pouvoir, mais aussi la fragilité du monde d'avant le cataclysme.

En effet, s'il peut user de son influence contre François au début du roman et lui voler la femme qu'il aime, sa toute-puissance n'est plus rien lorsque le monde s'effondre.

Ce sont en effet les bases mêmes de son pouvoir qui disparaissent. Il est alors démuni : c'est François qui prend la situation en main dès qu'il le rejoint, et c'est finalement François qui survit, imposant une nouvelle vision de la société.

## LE GROUPE DES SURVIVANTS

Les autres personnages sont moins évoqués par le narrateur. Ils constituent davantage un groupe – celui des survivants – que des individualités. D'ailleurs, beaucoup meurent au fur et à mesure des épreuves rencontrées. Ils représentent en définitive l'échantillon d'humanité par les yeux duquel le spectateur découvre la catastrophe et la nouvelle vie qui en découle.

# CLÉS DE LECTURE

## UN ITINÉRAIRE INITIATIQUE

Dans *Ravage*, le jeune protagoniste, suit un itinéraire initiatique en ce sens qu'il doit affronter une série d'épreuves morales et physiques qui contribue à son apprentissage et débouche sur une transformation profonde de sa personnalité : en effet, à l'issue de son parcours, François Deschamps a acquis une plus grande maturité, développé une meilleure connaissance de lui-même et du monde, et intégré un ensemble de nouvelles valeurs.

### Schéma narratif

Né dans les années soixante, dans le contexte structuraliste, le schéma narratif permet de dégager une structure commune à tout récit, entendu comme la quête d'un héros. Partant d'une situation initiale vers une situation finale (annoncée par le dénouement), celui-ci traverse une série de péripéties enclenchées par un élément perturbateur.

Ici, l'examen du schéma narratif doit nous permettre de mieux appréhender la nature des embuches qui sèment l'itinéraire des protagonistes, avant que ceux-ci n'en triomphent.

**Situation initiale :** c'est le début de l'histoire, le moment où on plante le décor et où on présente les personnages ; la situation est équilibrée, c'est-à-dire qu'elle n'a aucune raison d'évoluer.

- François Deschamps, un jeune homme d'une vingtaine d'années, est alors étudiant en chimie agricole. Il s'apprête à demander en mariage Blanche Rouget, chanteuse aspirant à la célébrité. Tous deux vivent dans une France métamorphosée par les prouesses technologiques et scientifiques.

**Élément perturbateur** : c'est un évènement qui vient perturber la situation initiale et qui va déclencher l'histoire proprement dite.

- Une coupure d'électricité frappe le pays. Dès lors, chacun lutte pour sa survie.

**Péripéties** : ce sont les évènements provoqués par l'élément perturbateur et qui entrainent la ou les actions entreprises par le héros pour résoudre le problème.

- François entreprend de sauver Blanche. Sur le chemin, le groupe de rescapés grandit. Ensemble, ils fuient l'incendie ravageant Paris et ses alentours, jusqu'à Vaux, dans le sud, où la ruralité a mis les villages à l'abri du chaos.

**Dénouement** : il met un terme aux péripéties et conduit à la situation finale.

- Le groupe de survivants mené par François finit par atteindre le Sud de la France.

**Situation finale** : c'est la fin de l'histoire. La situation est à nouveau stable, comme la situation initiale, mais elle a subi des transformations.

- Une nouvelle société, patriarcale essentiellement, est fondée sur des lois primitives.

## Vers une vie nouvelle

*Ravage* est un roman du cataclysme. Les personnages sont ainsi confrontés à la fin d'un monde et doivent faire face à une situation extrême et dramatique : « Il y avait quelque chose d'anormal dans l'air. Il semblait que la lumière avait emporté, en disparaissant, tout le monde extérieur. » (p. 89) Et c'est bien ce dont il s'agit : le monde extérieur et tout ce qui le fondait ont disparu ; les survivants ne peuvent désormais compter que sur eux-mêmes.

Lorsque la catastrophe survient, les personnages se mettent en route et fuient vers le sud. Mais ce cheminement, ce voyage physique, est aussi un itinéraire initiatique. De fait, les personnages du roman affrontent d'abord des épreuves physiques : « Ils se laissèrent tomber au bout de leur élan, roulèrent au hasard dans le sable et la cendre, et ne se relevèrent point. Ils étaient au bout de toutes leurs forces. Maintenant, ils allaient se laisser mourir. » (p. 258)

Mais ils affrontent aussi des souffrances morales et psychologiques : le décès de nombreux membres du groupe, la tension liée à la lutte pour la survie et la peur sont autant d'épreuves qui les conduisent au bord de la folie, comme le montre l'épisode de l'hallucination collective.

Mais surtout, au fur et à mesure du roman, ces hommes et ces femmes perdent tout ce qui faisait leur vie jusque-là. Ce dépouillement progressif est ce qui les conduit à mener une nouvelle vie, fondée sur d'autres valeurs. Ainsi,par exemple, les personnages sont petit à petit obligés de tuer les chevaux, mais ils se dépouillent aussi progressivement de leurs vêtements, dans une sorte de marche inversée de l'histoire, dans le sens d'un retour vers les origines.

## UNE SATIRE ÂPRE DE LA SOCIÉTÉ MODERNE

Le roman use des possibilités de la science-fiction et de l'anticipation pour proposer une vision satirique de la société du XX^e siècle. Dans *Ravage*, René Barjavel dresse en effet un portrait particulièrement ironique de l'urbanisme, des transports, de la vie quotidienne et de l'art du futur en exagérant les tendances déjà présentes dans la société de son époque pour faire prendre conscience de leurs conséquences. Les avancées technologiques sont d'abord décrites à grand renfort de termes laudatifs que, par la suite, la situation apocalyptique vient discréditer d'autant plus violemment.

Ainsi, l'élément majeur du roman est la mise en évidence de la dépendance de l'homme envers la machine. Lorsque les machines deviennent inutilisables, la société se voit totalement déréglée et l'homme se retrouve démuni face à un monde qui ne lui obéit plus.

De fait, dès la scène d'ouverture dans la gare Saint-Charles, le narrateur explique qu'il n'y a plus de serveur dans le café, et que ce dernier a été remplacé par une machine :

> « Sur chaque table, un robinet, un cadran semblable à celui de l'ancien téléphone automatique, une fente pour recevoir

la monnaie, un distributeur de gobelets de plastique, et un orifice pneumatique qui les absorbait après usage, remplaçaient les anciens garçons. » (p. 12)

De plus, la société met en place un système de contrôle des populations dont on voit ici deux exemples précis : l'art et la psychiatrie. D'une part, l'art devient certes un art pour tous, mais l'artiste n'est plus qu'une machine à produire selon les normes :

> « Ceux qui satisfaisaient à l'examen s'installaient dans la Ville d'Or et recevaient pendant six ans une rente confortable. Les artistes, débarrassés des soucis matériels, connurent enfin cette tranquillité d'esprit indispensable à tout travail sérieux. Ils manièrent pinceau et ciseau d'une main apaisée, reconnurent les véritables maitres, renoncèrent aux recherches inutiles, ne discutèrent plus les saines traditions académiques. » (p. 25)

D'autre part, lors du passage dans l'hôpital psychiatrique, le narrateur souligne bien que les méthodes employées ne sont pas seulement une manière de soigner des troubles mentaux, mais surtout un moyen d'exercer un contrôle sur les individus pour s'assurer qu'ils ne dévient pas de la norme :

> « Le résultat fut si probant qu'une loi institua un examen mental annuel obligatoire pour tout le monde. À la suite de cet examen, chaque printemps, un grand nombre de citoyens passaient au Dépiqueur. Les simples énervés, anxieux, tiqueurs, grimaciers, bègues, timides, ceux qui rougissent d'un rien et ceux qui dorment debout, les sans-mémoire, les parleurs nocturnes, les distraits, les ava-

Par opposition à ce monde déshumanisé et aliénant, le roman met en valeur le monde rural, où subsistent encore certaines valeurs que le narrateur et le personnage de François défendent. La société qu'édifie François après la catastrophe est ainsi une société rurale qui veut éviter la trop grande concentration des habitations, et qui refuse la science et la technique.

Mais cette société est finalement tout aussi caricaturale que la première ; elle en est simplement l'inverse : désormais, les hommes n'ont plus accès à la culture et ne savent plus lire, sous prétexte d'empêcher les développements qui les ont conduits à leur perte. L'arrivée finale du forgeron et de sa machine montre, de manière désespérée, qu'il ne semble pas possible d'arrêter le temps et de revenir en arrière.

## ÉCRIRE L'APOCALYPSE

Michel Butor (écrivain français, 1926-2016) est un des nombreux critiques qui, à partir des années cinquante, ont réfléchi aux forces et aux faiblesses de la science-fiction. Dans « La crise de croissance de la science-fiction », il commence par interroger l'effet de réel garanti par la science :

« Si l'auteur d'un récit a pris soin d'introduire un tel appareil

> [fusées interplanétaires], c'est qu'il désire ne quitter la réalité que dans une certaine mesure, il veut la prolonger, l'étendre, mais non s'en séparer. Il veut donner une impression de réalisme, il veut faire entrer l'imaginaire dans le réel, en anticipant sur les résultats acquis. » (BUTOR M., « La crise de croissance de la science-fiction », in *Répertoire I*, Paris, Les Éditions de Minuit, coll. « Critique », 1960, p. 186)

Et l'auteur de conclure par cette formule : « C'est un fantastique encadré dans un réalisme. » (*ibid.*)

De fait, en tant qu'appartenant à la littérature de l'imaginaire (et rappelons que le terme de science-fiction n'étant pas encore usité en France dans les années quarante, Barjavel rangeait ses romans sous l'étiquette « romans imaginaires »), *Ravage* répond à une exigence de mimétisme, ou de réalisme. Par extrapolation d'une donnée de l'époque, l'auteur bâtit un monde futur possible, mais nullement invraisemblable en raison, précisément, de la garantie scientifique.

Et la contre-utopie (utopie virant au cauchemar) est saisissante par ces nombreux tableaux d'un hyperréalisme vivant, corolaire d'un certain souffle épique.

## Vers l'hypotypose

La rhétorique sera évidemment le premier renfort pour installer le réalisme de la fiction. Quintilien (rhéteur latin, Ier siècle apr. J.-C.) définissait l'hypotypose comme l'« image des choses, si bien représentée par la parole que l'auditeur croit plutôt la voir que l'entendre » (*De l'institution oratoire*, livre IX, chapitre II). On comprend l'utilité d'une telle figure de style dans un projet de vraisemblance : donner à voir l'inexistant – comme si la chose franchissait les limites de l'écrit pour apparaitre sous les yeux du lecteur –, c'est susciter l'adhésion du lecteur.

Elle se développe sur plusieurs pages, déployant ses richesses dans une description minutieuse. Ainsi, pour décrire « l'emblaveuse » – néologisme forgé sur le verbe « emblaver », qui signifie ensemencer une terre en céréales – de la deuxième partie du roman, Barjavel place François dans une position de non-savoir, motivant le discours explicatif de Pierre et la longue description à l'imparfait de l'indicatif :

> « [La machine] présentait l'aspect d'un bloc de métal brillant, absolument uni, à peine plus haut qu'une maison de deux étages, couché sur le sol dans toute la longueur de la galerie. Sous la lumière blême de la lune, ses parois brillaient, absolument lisses, sans une ouverture, sans un boulon, sans une courroie, sans un cadran, sans une roue visibles [...]. Sous leurs pieds, s'ouvrait la bouche de la machine. C'était une simple fente horizontale dans laquelle s'engageait un tapis roulant maintenant immobile. » (p. 181-182)

Mais l'hypotypose sert également l'horreur de l'apocalypse. La mort du garde à la fin du roman est particulièrement poignante et saisissante de réalisme :

> « Ses yeux lui font mal. Il avance un peu à quatre pattes. Il étouffe. Il crache encore, se mouche, dans sa chemise, se l'enroule de nouveau autour de la tête, tourne le dos au vent, reprend son souffle, repart à quatre pattes. [...] Au bout de quelques pas, il retrouve la rive. Il enrage. Des larmes de sang coulent de ses yeux [...]. Le garde tombe, crispe ses

> deux mains sur sa gorge. Ses poumons bloqués ne reçoivent plus un souffle d'air. Chacun de ses efforts fait pénétrer davantage le bouchon de ciment. Il rue, se tord, griffe son cou. Enfin, ses mains se détendent, ses jambes s'allongent, son corps s'aplatit. Sa souffrance s'est apaisée. Son épouvante s'éteint. » (p. 270-271)

Ici, l'effet de réel est rendu possible par l'usage du présent de narration, doublé de l'usage de la parataxe (qui consiste en la juxtaposition de propositions ou de phrases, normalement liées par un lien de coordination). Au moment le plus fort de la souffrance du gardien, la description clinique de son étouffement se réduit au noyau formé par le sujet suivi d'un verbe : « Il étouffe. » devient plus loin « Il enrage. », avec une gradation éloquente vers l'horreur.

## Omniprésence des couleurs

*Ravage* est avant tout le roman des couleurs. Dans le ciel bigarré de Paris, « des centaines d'appareils de toutes les couleurs s'envolaient, descendaient, se croisaient » (p. 65). Ce déploiement de couleurs en un véritable feu d'artifice, loin d'être anodin, symbolise une forme de joie de vivre. La lumière tient un rôle prépondérant ; aussi lorsqu'elle vient à manquer, l'angoisse s'installe. Le passage du blackout constitue à cet égard l'acmé (le point culminant) du roman.

Véritable moment de transition dans la chronologie des évènements, il symbolise le passage d'une réalité à une autre dans une scène dramatique rendue particulièrement intense via l'usage du clair-obscur : « La réalité quotidienne avait disparu, laissait la place à l'absurde. » (p. 91) Cette technique picturale, en jetant la lumière d'une lune pleine sur une population sujette au désarroi, met en relief les images de décadence et de désolation.

Par la suite, la palette de couleurs se resserrera autour de deux couleurs principales : le rouge, symbole du sang, de la lutte pour la survie ; le noir de la cendre, symbole de la débâcle ramenant l'humanité aux lois primitives.

## Le souffle épique

En tant qu'œuvre de l'effondrement de la science et de la revanche du divin sur une nature menacée, un roman comme *Ravage* ne pouvait que tirer profit des ressorts d'amplification et d'énumération du registre épique. Prompt à susciter l'étonnement, sinon l'effroi, le registre épique devient un mode d'expression dépassant la réalité ordinaire.

Pour illustrer notre propos, nous nous en tiendrons au paragraphe suivant :

> « En quelques instants, la brise est devenue vent, puis tempête. Elle creuse des vagues énormes dans la couche de cendres, les disperse en l'air, les pulvérise, les jette au ciel, les abandonne, à bout de souffle, très haut, dans les atmosphères précieuses, où elles continuent à monter lentement, en voiles diaphanes, sans poids, en petits nuages ronds, teints en rose, angéliques. » (p. 269)

La seconde phrase, particulièrement longue, est constituée d'une proposition principale et d'une subordonnée qui s'allonge, riche de segments détachés, composés de groupes verbaux, d'adverbes (« très haut »), de groupe prépositionnel (« sans poids »), d'adjectif détaché (« angéliques »), dont l'enchainement, sans considération d'ordre de longueur, semble mimer l'impétuosité de la tempête. Le choix de la clausule (dernier membre d'une phrase), « angéliques », ne semble pas fortuit et ouvre un horizon poétique, en lien direct avec le déploiement des couleurs.

## UNE VISION PESSIMISTE DE LA NATURE HUMAINE

C'est en 1943, alors que la guerre fait rage en France et en Europe, que *Ravage* parait. 1943, c'est également l'année de parution du grand œuvre de Jean-Paul Sartre (philosophe et écrivain français, 1905-1980) : *L'Être et le Néant*. Philosophes et romanciers replacent l'homme et son existence au centre de leurs analyses en cette période de grand trouble mondial.

Si l'on part du principe que toute œuvre artistique n'est pas anodine, lui chercher une quelconque visée, philosophique et surtout moraliste, n'est pas absurde. Car les hommes sont au centre du livre et, plus précisément, leur relation au savoir. Les expressions telles « je ne sais pas » ou « savez-vous » reviennent à de nombreuses reprises dans le premier tiers du roman, comme une rengaine. Mais c'est le docteur Fauque qui résume le mieux la relation entre l'être et le savoir : « Nous ne sommes rien, mon jeune ami, nous ne savons rien... » (p. 154)

### *Homo homini lupus est*

Depuis Plaute (poète comique latin, vers 254-184 av. J.-C.), cette locution latine qui signifie « L'homme est un loup pour l'homme » cristallise la part de bestialité emplie de mauvais instincts qui font de l'homme un être de violence, sinon d'agressivité.

Le roman semble souscrire à cette vision pessimiste de la nature humaine. Dès la coupure d'électricité générale (dans la deuxième partie), le peuple sombre. C'est le narrateur qui prend en charge cette déshumanisation qui consiste en deux points : une vue générale de la population, doublée d'une comparaison avec un animal.

Ainsi, dès la page 113, « des femmes, des hommes allaient, venaient, couraient, retournaient sur leurs pas, désemparés, comme des fourmis dont on eût ébranlé, à coups de talon, la fourmilière ». Ailleurs, « des silhouettes affamées [...] cernaient la maison de leur avidité de loups maigres » (p. 210), tandis que le fou libère une « odeur atroce de porc grillé » (p. 218). François est le seul à s'en sortir et ne subit qu'une semi-déshumanisation. Il se retrouve alors, dans une vision empreinte de mythologie, sous les traits d'un centaure noir, figure mi-homme mi-bête. Comme pressenti par François, « la loi de la jungle allait devenir la loi de la Cité » (p. 142).

De façon générale, les personnages expérimentent le principe de l'atavisme (réapparition du caractère d'un ancêtre chez un individu qui devait s'en trouver prémuni), qui prend ici la forme d'une résurgence des « instincts primitifs et de règles premières » (p. 212), réactions à des situations d'urgence. Meurtres brutaux, réactions de clans, dans lesquels les personnages « retrouv[ent] le geste de protection de leurs ancêtres des cavernes » (p. 268).

Le processus de déshumanisation atteint son apogée lors de cette scène de cannibalisme, au cours de laquelle des survivants moribonds en arrivent à dévorer des lambeaux de cadavres. Notons que c'est à nouveau le procédé du clair-obscur qui fait ressortir toute la teneur dramatique de la scène :

> « De ce grouillement que la lune peignait d'une lumière sans relief ne s'élevait pas un cri, pas un mot qui rappelât que ces larves avaient été des hommes, mais un concert bas de grognements, de sons inachevés, chuchotés, de bruits de bouches qui mâchent et boivent, de clapotis d'eau, et de mains, de cuisses, de ventres nus, qui se traînent. » (p. 277)

Enfin, de la bestialité à la bêtise, il n'y a qu'un pas (les deux termes partagent d'ailleurs la même étymologie). Aucun acte n'est anodin et chacun mène à une conséquence. Sans doute est-ce la leçon à tirer du terrible incendie dévastant Paris, parti d'une bévue du gardien ayant jeté sa cigarette mal éteinte.

## Progrès scientifique, progrès moral ?

À lire le roman, rien ne semble aller de soi. Le progrès scientifique ne semble être qu'un leurre, un pis-aller sous lequel se cache la nature humaine, qui n'attend que l'instant propice pour ressurgir sous une forme dévastatrice.

Ainsi, s'il y a satire, elle est à chercher du côté de la nature humaine, plutôt que dans le progrès scientifique ou technologique. La coupure brutale que vivent les habitants de la France de 2052 devient alors le symbole de la mise à nu de l'homme.

Dès lors, le retour aux préjugés ne se fait pas attendre : « Il fallait bien, pourtant, que cette foule nourrie de logique et de science trouvât des explications » (p. 92), lance un narrateur tout ironique ; à quoi répond le « C'est un coup des nègres » empli de préjugés (*ibid.*). Dans cette vision tragique où autrui devient le bouc émissaire désigné des maux, le progrès scientifique n'est que le vernis fragile recouvrant une nature humaine restée semblable à ce qu'elle a toujours été.

On est proche alors d'une vision rousseauiste du progrès de la science, telle qu'enseignée dans le *Discours sur les sciences et les arts* de Jean-Jacques Rousseau (1712-1778). En 1750, pour répondre à une question posée par l'académie de Dijon (« Si le rétablissement des sciences et des arts a contribué à épurer les mœurs »), le philosophe genevois dressait en effet également un tableau sombre du penchant corrupteur du savoir sur les mœurs.

# PISTES DE RÉFLEXION

## QUELQUES PISTES POUR APPROFONDIR SA RÉFLEXION...

- Comment évolue le personnage de François Deschamps tout au long du roman ? Qu'en est-il de l'évolution du personnage de Blanche Rouget ?
- Comment la narration transfigure-t-elle Blanche et François en figures mythiques dans la dernière partie du roman ?
- Quelles sont les principales caractéristiques de la société future telle qu'elle est décrite au début du roman ? Cette société est-elle connotée positivement ou négativement ?
- Relevez des marques d'ironie du narrateur tout au long du roman. À votre avis, pourquoi en use-t-il ?
- Quelle vision de la science et de la technologie est présentée dans le roman ?
- Le roman est une réflexion sur les enjeux de toute forme de progrès scientifique. Pensez-vous, comme Jean-Jacques Rousseau, que « nos âmes se sont corrompues à mesure que nos sciences et nos arts se sont avancés à la perfection » (*Discours sur les sciences et les arts*, 1750) ?
- En quoi les personnages parcourent-ils un itinéraire initiatique ?
- Peut-on dire que la nouvelle communauté créée par François est une utopie ? Justifiez votre réponse.
- Comparez le roman de René Barjavel avec d'autres romans postapocalyptiques plus récents comme *La Route* (2006) de Cormac McCarthy (écrivain américain, né en

1933) ou *Le Feu de Dieu* (2009) de Pierre Bordage (écrivain
français, né en 1955).

- À quel genre appartient ce récit ? Justifiez votre réponse.

# POUR ALLER PLUS LOIN

## ÉDITION DE RÉFÉRENCE

- BARJAVEL R., *Ravage*, Paris, Gallimard, coll. « Folio », 2010.

## ÉTUDE DE RÉFÉRENCE

- BUTOR M., « La crise de croissance de la science-fiction », in *Répertoire I*, Paris, Les Éditions de Minuit, coll. « Critique », 1960.

## SUR LEPETITLITTÉRAIRE.FR

- Fiche de lecture sur *La Nuit des temps* de René Barjavel.

# Retrouvez notre offre complète sur lePetitLittéraire.fr

- des fiches de lectures
- des commentaires littéraires
- des questionnaires de lecture
- des résumés

---

**ANOUILH**
- Antigone

**AUSTEN**
- Orgueil et Préjugés

**BALZAC**
- Eugénie Grandet
- Le Père Goriot
- Illusions perdues

**BARJAVEL**
- La Nuit des temps

**BEAUMARCHAIS**
- Le Mariage de Figaro

**BECKETT**
- En attendant Godot

**BRETON**
- Nadja

**CAMUS**
- La Peste
- Les Justes
- L'Étranger

**CARRÈRE**
- Limonov

**CÉLINE**
- Voyage au bout de la nuit

**CERVANTÈS**
- Don Quichotte de la Manche

**CHATEAUBRIAND**
- Mémoires d'outre-tombe

**CHODERLOS DE LACLOS**
- Les Liaisons dangereuses

**CHRÉTIEN DE TROYES**
- Yvain ou le Chevalier au lion

**CHRISTIE**
- Dix Petits Nègres

**CLAUDEL**
- La Petite Fille de Monsieur Linh
- Le Rapport de Brodeck

**COELHO**
- L'Alchimiste

**CONAN DOYLE**
- Le Chien des Baskerville

**DAI SIJIE**
- Balzac et la Petite Tailleuse chinoise

**DE GAULLE**
- Mémoires de guerre III. Le Salut. 1944-1946

**DE VIGAN**
- No et moi

**DICKER**
- La Vérité sur l'affaire Harry Quebert

**DIDEROT**
- Supplément au Voyage de Bougainville

**DUMAS**
- Les Trois
  Mousquetaires

**ÉNARD**
- Parlez-leur
  de batailles,
  de rois et
  d'éléphants

**FERRARI**
- Le Sermon sur la
  chute de Rome

**FLAUBERT**
- Madame Bovary

**FRANK**
- Journal
  d'Anne Frank

**FRED VARGAS**
- Pars vite et
  reviens tard

**GARY**
- La Vie devant soi

**GAUDÉ**
- La Mort du
  roi Tsongor
- Le Soleil des
  Scorta

**GAUTIER**
- La Morte
  amoureuse
- Le Capitaine
  Fracasse

**GAVALDA**
- 35 kilos d'espoir

**GIDE**
- Les
  Faux-Monnayeurs

**GIONO**
- Le Grand
  Troupeau
- Le Hussard
  sur le toit

**GIRAUDOUX**
- La guerre de
  Troie
  n'aura pas lieu

**GOLDING**
- Sa Majesté des
  Mouches

**GRIMBERT**
- Un secret

**HEMINGWAY**
- Le Vieil Homme
  et la Mer

**HESSEL**
- Indignez-vous !

**HOMÈRE**
- L'Odyssée

**HUGO**
- Le Dernier Jour
  d'un condamné
- Les Misérables
- Notre-Dame
  de Paris

**HUXLEY**
- Le Meilleur
  des mondes

**IONESCO**
- Rhinocéros
- La Cantatrice
  chauve

**JARY**
- Ubu roi

**JENNI**
- L'Art français
  de la guerre

**JOFFO**
- Un sac de billes

**KAFKA**
- La Métamorphose

**KEROUAC**
- Sur la route

**KESSEL**
- Le Lion

**LARSSON**
- Millenium 1. Les
  hommes qui
  n'aimaient pas
  les femmes

**LE CLÉZIO**
- Mondo

**LEVI**
- Si c'est un
  homme

**LEVY**
- Et si c'était vrai...

**MAALOUF**
- Léon l'Africain

**MALRAUX**
- La Condition humaine

**MARIVAUX**
- La Double Inconstance
- Le Jeu de l'amour et du hasard

**MARTINEZ**
- Du domaine des murmures

**MAUPASSANT**
- Boule de suif
- Le Horla
- Une vie

**MAURIAC**
- Le Nœud de vipères

**MAURIAC**
- Le Sagouin

**MÉRIMÉE**
- Tamango
- Colomba

**MERLE**
- La mort est mon métier

**MOLIÈRE**
- Le Misanthrope
- L'Avare
- Le Bourgeois gentilhomme

**MONTAIGNE**
- Essais

**MORPURGO**
- Le Roi Arthur

**MUSSET**
- Lorenzaccio

**MUSSO**
- Que serais-je sans toi ?

**NOTHOMB**
- Stupeur et Tremblements

**ORWELL**
- La Ferme des animaux
- 1984

**PAGNOL**
- La Gloire de mon père

**PANCOL**
- Les Yeux jaunes des crocodiles

**PASCAL**
- Pensées

**PENNAC**
- Au bonheur des ogres

**POE**
- La Chute de la maison Usher

**PROUST**
- Du côté de chez Swann

**QUENEAU**
- Zazie dans le métro

**QUIGNARD**
- Tous les matins du monde

**RABELAIS**
- Gargantua

**RACINE**
- Andromaque
- Britannicus
- Phèdre

**ROUSSEAU**
- Confessions

**ROSTAND**
- Cyrano de Bergerac

**ROWLING**
- Harry Potter à l'école des sorciers

**SAINT-EXUPÉRY**
- Le Petit Prince
- Vol de nuit

**SARTRE**
- Huis clos
- La Nausée
- Les Mouches

**SCHLINK**
- Le Liseur

**SCHMITT**
- La Part de l'autre
- Oscar et la
  Dame rose

**SEPULVEDA**
- Le Vieux qui
  lisait des romans
  d'amour

**SHAKESPEARE**
- Roméo et Juliette

**SIMENON**
- Le Chien jaune

**STEEMAN**
- L'Assassin
  habite au 21

**STEINBECK**
- Des souris et
  des hommes

**STENDHAL**
- Le Rouge et
  le Noir

**STEVENSON**
- L'Île au trésor

**SÜSKIND**
- Le Parfum

**TOLSTOÏ**
- Anna Karénine

**TOURNIER**
- Vendredi ou
  la Vie sauvage

**TOUSSAINT**
- Fuir

**UHLMAN**
- L'Ami retrouvé

**VERNE**
- Le Tour
  du monde
  en 80 jours
- Vingt mille
  lieues sous
  les mers
- Voyage au
  centre de
  la terre

**VIAN**
- L'Écume des jours

**VOLTAIRE**
- Candide

**WELLS**
- La Guerre des
  mondes

**YOURCENAR**
- Mémoires
  d'Hadrien

**ZOLA**
- Au bonheur
  des dames
- L'Assommoir
- Germinal

**ZWEIG**
- Le Joueur
  d'échecs

ISBN version numérique : 978-2-8062-9401-2
ISBN version papier : 978-2-8062-6984-3
Dépôt légal : D/2017/12603/426

Avec la collaboration de Bachir Bourras pour le « schéma narratif », ainsi que pour les chapitres « Écrire l'apocalypse » et « Une vision pessimiste de la nature humaine ».

Conception numérique : Primento,
le partenaire numérique des éditeurs.

Ce titre a été réalisé avec le soutien de la Fédération Wallonie-Bruxelles, Service général des Lettres et du Livre.

Made in the USA
Monee, IL
07 July 2026